Mein Abenteuer im Flying Scotsman

Eine Romanze über London und die North-Western Railway

Eden Phillpotts

Writat

Diese Ausgabe erschien im Jahr 2024

ISBN:9789359947884

Herausgegeben von
Writat
E-Mail: info@writat.com

Inhalt

KAPITEL I. ....- 1 -
KAPITEL II. ....- 11 -

KAPITEL I.

EIN GEFÄHRLICHES VERMÄCHTNIS.

DER Regen auf, und die Sonne, die den ganzen Tag vergeblich mit einem bleiernen Novemberhimmel gekämpft hatte, brach in feuriger Wut hervor, als sie nur noch wenige Minuten vom Horizont trennten. Ihre gelbbraune Pracht umgab mich, als ich von Richmond in Surrey in das benachbarte Dörfchen Petersham stapfte. Über mir leuchteten die nassen, nackten Zweige der Bäume rot und schienen von Blut zu tropfen; die Hecken funkelten mit ihren flammenden Edelsteinen; auf den Wiesen, die ich durchquerte, um Zeit zu sparen, lagen parallele purpurrote Streifen entlang der Karrenspuren. Die ganze Natur glühte im grellen Licht, und für einen Geist, der mit viel Kummer und Angst beladen war, lag etwas Unheimliches in der langsam erlöschenden Beleuchtung, in dem düsteren, wilden Himmel, in den Blutstreifen, die rasend nach Westen sanken, und in den riesigen düsteren Wolkenlandschaften, die jetzt schnell den Regen und die Nacht zurückbrachten.

Sollten Sie sich fragen, welchen Grund ich, John Lott, ein kleiner Bankangestellter mittleren Alters, der im Norden Londons lebte, haben könnte, so vom warmen Feuer, der guten Frau, der hübschen Tochter und dem tröstlichen Teekuchen wegzulaufen? Würden mich alle in diesem Moment irgendwo in Kilburn erwarten, würde ich antworten, dass der plötzliche und erschreckende Tod dieses Erdbeben in meiner geordneten Existenz verursacht habe. Sollten Sie natürlich noch einmal annehmen, dass ein vierrädriges Taxi die Überlandfahrt zwischen Richmond und Petersham sauberer und schneller hätte bewerkstelligen können als meine kurzen Beine, würde ich dies zugeben, aber gleichzeitig hinreichend stichhaltige Gründe vorbringen warum dieser schlammige Spaziergang am besten zu Fuß unternommen werden konnte. Denn wenn ich diesen Tod berühre, könnte auch nur ein anderer lebender Mensch das gleiche Interesse daran haben wie ich; und vor allem für mich drehten sich darum Themen von sehr ernster und erstaunlicher Tragweite. Ehre, Rechtschaffenheit, meine Pflicht mir selbst und meinem Nächsten gegenüber sowie andere, nicht weniger wichtige Fragen standen auf dem Spiel; und nach meinem individuellen Urteil, geblendet von keinerlei Gedanken an persönliche Gefahr oder Eigennutz, muss über den Fall entschieden werden. Ich hatte dies schon seit einigen Jahren vorhergesehen und mir viele Gedanken darüber gemacht; aber zu keinem Zeitpunkt bot sich eine zufriedenstellende Lösung der Schwierigkeiten, und nun trat der lang erwartete Umstand ein, wie es bei Männern meines Kalibers immer der Fall ist: Er war am meisten in die Führung der Angelegenheiten verwickelt und besorgt und am wenigsten qualifiziert, mit ihnen fertig zu werden . Der Grund, weshalb ich zur Oak Lodge, Petersham, gelaufen bin, war, ein paar Minuten zu gewinnen, meinen umherirrenden Verstand zu sammeln und ein geistiges Gleichgewicht zu erlangen, das in der Lage ist, den Problemen, die mich erwarteten, gewachsen zu sein. Was ich in zwei Jahren nicht erreichen konnte, schien jedoch nicht in zwanzig Minuten zu bewerkstelligen; und tatsächlich vertrieb der wütende Sonnenuntergang zusammen mit dem bereits erwähnten Element schwerer persönlicher Gefahr alle vernünftigen Gedankengänge aus meinem Kopf. Letztendlich kam ich an meinem Ziel an, mit einem Geist, der ungefähr so konzentriert und zielstrebig war wie der eines ertrunkenen Wurms.

Und was ist der Grund für all dieses Elend, glauben Sie? Einfach, weil eine ehrenwerte Dame mir gerade ein angenehmes Vermögen von zehntausend Pfund hinterlassen hat. So weit alles gut; aber wenn ich sage, dass ich nicht mit der Verstorbenen verwandt bin, dass ihre nächsten Verwandten seit fünfzehn Jahren nach einer Gelegenheit suchen, mir das Leben zu nehmen, und dass ein Treffen zwischen uns nun unmittelbar bevorsteht, wird man feststellen, dass der Fall gewisse ungewöhnliche Schwierigkeiten mit sich bringt. Diese Behauptung – dass ein Mann seit fünfzehn Jahren versucht hat, mich meiner unbedeutenden Existenz zu berauben – erscheint zweifellos so absurd, dass es am besten ist, wenn ich die Angelegenheit sofort klar erkläre. Ein Stück Vergangenheit muss hier also zwischen meiner Ankunft in Oak Lodge und den darauf folgenden Ereignissen eingefügt werden.

Nach dem Tod meines Vaters heiratete meine Mutter, die damals kaum älter als zwanzig Jahre war, erneut einen gewissen George Beakbane, einen wohlhabenden Bauern und Besitzer eines komfortablen Grundbesitzes in Norfolk. Der Titel dieses Anwesens lautete der Familienname Beakbane.

Nachdem mein Stiefvater einen Sohn geboren hatte, verlor er seine junge Frau und blieb mit zwei Säuglingen zurück. Er behandelte beide recht gut, machte keinen Unterschied, sondern teilte seine Liebe zwischen uns und zog uns, nachdem wir das Alter erreicht hatten, in dem wir von der Ausbildung eines Mannes profitieren konnten, unter seiner eigenen Aufsicht und in seiner eigenen Schule groß. Für den jungen Joshua Beakbane und mich war es ein spartanischer Einstieg ins Leben; Doch während ich unter dem puritanischen und farblosen Regime erfolgreich war, ärgerte sich Mr. Beakbanes eigener Sohn, ein von Natur aus zu bösartigen Gewohnheiten und bösen Kommunikationen neigender Jugendlicher, unter der eisernen Herrschaft, die dadurch nur noch unbeugsamer wurde. Zweifellos gab es auf beiden Seiten viel zu sagen; Allerdings hätte niemand vorhersehen können, welche große und schreckliche Strafe aufgrund dieser unbedeutenden Beschränkungen und väterlichen Zurechtweisungen sowohl auf Vater als auch auf Sohn zukommen würde.

Als er einundzwanzig Jahre alt war, lief Joshua Beakbane in einem für mich kaum vorstellbaren Anfall von Wahnsinn und Torheit von der Farm weg und nahm etwa fünfhundert Pfund des väterlichen Vermögens mit. Er wurde verfolgt, verhaftet und vor dem nächsten Schwurgericht vor Gericht gestellt. Der alte George Beakbane, ein gerechter, stolzer Mann, der einer Rasse entstammte, die immer gerecht und stolz gewesen war, wollte auf kein Gnadengesuch hören. Außer mir – seinem Halbbruder – konnte niemand für den Schuldigen sprechen, und meine Gebete waren nutzlos. Der Vater schickte seinen Sohn ins Gefängnis, löschte seinen Namen aus dem Stammbaum und betrachtete mich von diesem Tag an als seinen Erben. Dass ich meinen Namen in Beakbane ändern sollte, war eine Bedingung meines Stiefvaters, und ich hatte keine Einwände dagegen. Meine Neigungen und Ambitionen galten der Kunst, aber die Aussichten, die ein Leben als Maler versprechen konnte, waren George Beakbane zuwider, und ich gab sie auf. Joshuas Strafe belief sich auf zehn Jahre Zwangsarbeit, und mein Lebenswunsch bestand damals darin, eines Tages eine Versöhnung zwischen Vater und Sohn herbeizuführen. Auf alle großen Vorteile, die mir die gegenwärtigen Vereinbarungen brachten, hätte ich gern verzichtet, um den alten Mann glücklich zu sehen; ich liebte ihn aufrichtig und sah mit der Zeit deutlich, dass alle Freude aus seinem Leben verschwunden war, nachdem sein Sohn ins Gefängnis kam. Lange bevor die zehn Jahre jedoch abgelaufen waren, starb George Beakbane, und ich erbte das Anwesen. Und hier erkläre und gelobe ich feierlich vor Himmel und Menschen, dass meine Absicht vom ersten Augenblick an, als ich die Herrschaft über Beakbane annahm, darin bestand, ihm damit zu nützen, den ich immer noch als dessen rechtmäßigen Besitzer betrachtete. Nach Joshuas Freilassung hatte ich fest vor, ihm zuliebe abzudanken. Wäre alles gut gegangen, hätte ich die rechtlichen Schritte eingeleitet, die dem Fall angemessen gewesen wären, und meinen Verwandten wieder in die Position gebracht, die ihm ohne seine eigene rücksichtslose Torheit von Anfang an zugestanden hätte. Nun wäre ich nicht in der Lage gewesen, so viel für Joshua Beakbane zu tun, wenn ich nicht eingewilligt hätte, Erbe zu werden; denn sonst hätte der alte George Beakbane einen anderen Erben für sein Eigentum suchen und finden können; und wahrscheinlich einen, der nicht meine moralischen Grundsätze oder meine eigentlichen Absichten hatte.

Alles war jedoch ganz anders geregelt, als ich es erhofft und gewünscht hatte. Ein knappes Jahr, bevor mein Halbbruder mich von meinen Pflichten entbinden wollte, brachte eine Verkettung schrecklicher Ereignisse Ruin und Verderben über mich. Ich habe nie versucht, meine eigene jämmerliche Schwäche in dieser Angelegenheit zu leugnen. Ich hatte während meiner Amtszeit geheiratet, und für den Bruder meiner Frau, einen Mann, wie ich glaubte, der von tadelloser Ehrlichkeit und beträchtlichem Reichtum war, willigte ich ein, der Bequemlichkeit halber für etwa zwei oder drei Monate bestimmte Wechsel zu „decken". Wieder einmal gebe ich meine kriminelle Schwäche zu; aber mit der Tatsache und ihren Folgen müssen wir uns jetzt auseinandersetzen. Die Verstrickungen meines Schwagers nahmen zu, und er zerschlug den Knoten, indem er sich das Gehirn wegpustete, und ließ mich mit einem gewaltigen Schuldenberg zurück, der mir ins Gesicht starrte. Das Beakbane-Anwesen war das Gegenstück dazu. Jeder Morgen wurde verpfändet, jede Hypothek zwangsversteigert, das Anwesen hörte als Ganzes auf zu existieren. Die Schulden wurden schließlich getilgt, und ich kam mit meiner Frau und meinem Kind nach London. Diese Dinge erreichten Joshua Beakbanes Ohren etwa einen Monat vor Ablauf seiner Strafe, zerstörten seine Hoffnungen und Ambitionen für die Zukunft, machten ihn völlig verarmt und erregten seinen Zorn und seine Empörung gegen mich in furchtbarem Maße. Ich hatte mir nicht zugetraut, ihm die verhängnisvolle Nachricht zu überbringen, doch meinem Boten, einem Anwalt, zischte er einen furchtbaren Eid ins Ohr, dass ich, sollten wir uns jemals begegnen, mit meinem Leben die Schuld begleichen würde, die ich ihm schuldete. Da ich wusste, dass der Mann etwas von der eisernen Zielstrebigkeit seines Vaters hatte, sowie viele verschiedene Boshaftigkeiten, die ihm eigen waren und für die unsere gemeinsame Mutter in keiner Weise verantwortlich war, nahm ich ihn beim Wort, änderte erneut meinen Namen und vergrub mich in der Metropole. Hier stellte ich sehr schnell fest, dass meine Kunst nicht dazu geeignet war, meine Frau und mein Kind zu ernähren, als die Frage nach einem Gemälde zum Verkauf in Betracht kam. Ich suchte daher nach einer festeren Anstellung und hatte das Glück, eine Stelle bei Messrs. Macdonalds Bank zu bekommen. Die Jahre vergingen, bis zu fünfzehn. Joshua Beakbane suchte mich überall; tatsächlich bin ich völlig davon überzeugt, dass sein Wunsch, mir das Leben zu nehmen, zu einer Monomanie wurde, denn er ließ nichts unversucht, um mich anzugreifen. Aber ich trug eine Brille aus dunkelblauem Glas, wenn ich auf der Straße unterwegs war, und rasierte mich seit meinem Eintritt ins Leben in London immer sauber. Ich traf meinen Halbbruder mehrere Male, bis ich allmählich meiner Sicherheit sicher war. Ich wurde mutig und beauftragte einen Privatdetektiv, sein Zuhause und seinen Beruf herauszufinden. So erfuhr ich, dass er die meiste Zeit damit verbrachte, Pferderennen zu besuchen, und dass er unter den kleineren Buchmachern eine gewisse Bekanntheit genoss.

Der Leser braucht sich noch eine halbe Seite länger in Geduld zu üben, und diese langweiligen, aber notwendigen Vorbemerkungen sind vorbei. Miss Sarah Beakbane-Minifie, die Dame, deren Tod gerade bekannt gegeben wurde, war eine nahe Verwandte meines Halbbruders, aber natürlich nicht mit mir verwandt. Mich jedoch schätzte sie sehr und hatte dies immer getan, seit meine Mutter in ihre Familie eingeheiratet hatte. Da sie meine Karriere genau beobachtet hatte und von meiner Integrität, meinen Unglücksfällen und meinen ehrenhaften Absichten in der Vergangenheit überzeugt war, hatte sie es für angebracht gehalten, mich als Märtyrerin und bemerkenswerte Person zu betrachten, obwohl ihr eigener Verwandter von ihr nur wenig Anerkennung erhielt. Und nun gehörte ihr gesamtes Vermögen, ihr Münzgeld, ihre Obligationen und Aktien mir, und Joshua Beakbane stand wieder einmal in der Kälte. Was waren seine Gefühle und Absichten?, fragte ich mich. War er mir gegenüber immer noch so eingestellt wie früher und würde er mein Leben jedem irdischen Aufstieg vorziehen, den ich ihm jetzt vielleicht bieten könnte? Würde er einen Kompromiss akzeptieren? Sollte ich ihn in Petersham treffen und wenn ja, sollte ich Oak Lodge jemals verlassen, außer zu Fuß voran? Was war meine klare Pflicht in diesem Fall und würde die Erfüllung dieser Pflicht die Dinge wahrscheinlich erleichtern? Das waren einige der Fragen, auf die ich keine Antwort fand, als ich langsam durch den Schlamm ging und dann, als ich spürte, dass die Spannung die Zukunft nur noch schrecklicher erscheinen ließ, wie bereits erwähnt über die Felder lief und begierig war, mein Ziel so schnell wie möglich zu erreichen.

Was auch immer geschehen mochte, wenn ich noch am Leben war, musste ich am nächsten Tag nach Schottland aufbrechen, um in einem gegen meine Firma anhängigen Gerichtsverfahren als Zeuge auszusagen; und die Erinnerung an diese Pflicht war in meinen Gedanken ganz oben, als ich schließlich Oak Lodge erreichte. Martha Prescott und ihr Mann, die einzigen Diener der verstorbenen Dame, begrüßten mich, und ihre Trauer schien recht echt, als sie mich ins Wohnzimmer führten. Dieses Zimmer – im Sommer, wenn die französischen Fenster immer offen standen und der Garten draußen eine Masse aus roten und weißen Rosen, Flieder und anderen heimischen Blumen war, recht reizend – war jetzt dunkel und trostlos. Die Jalousien waren nicht heruntergelassen, die letzten schwachen Strahlen des Tageslichts wirkten eher trostlos als völlig düster. Eine Karaffe Portwein mit einigen getrockneten Früchten stand auf dem Tisch, und ich bin geneigt zu glauben, dass zumindest einer der beiden Männer, die am Kamin saßen, geraucht hatte. Einen Moment lang hielt ich den Größeren und den Jüngeren von ihnen für meinen Feind, doch ein Flackern des Feuers offenbarte meinen Irrtum, als beide aufstanden, um mich zu empfangen.

Mr. Plenderleath, der Anwalt meines verstorbenen Freundes, ein schwabbeliger, pompöser Gentleman mit einem Hauch von Eau de Cologne und einer schönen Sprachwahl, schüttelte meine Hand und seinen Kopf im vollkommensten Gleichklang. Man habe mit Joshua Beakbane kommuniziert, teilte er mir mit, doch habe man auf das Telegramm noch keine Antwort erhalten.

„Für Sie selbst bitte ich Sie, mein Beileid und meine Glückwünsche in einem Atemzug anzunehmen, sehr geehrter Herr. Wenn eine Frau wie Miss Beakbane-Minifie sterben muss, ist es gut zu glauben, dass ein Mann wie Mr. Lott die Verwaltung übernehmen wird das, was die selige Verstorbene nicht mitnehmen kann. Meine beklagte Klientin und Ihre Tante haben Ihnen, lieber Herr, das beträchtliche Vermögen von hunderttausend Pfund hinterlassen.

„Sie ist nicht mit ihr verwandt; aber, mein guter Herr, die verstorbene Dame hat mir immer klar gemacht, dass etwa zehntausend Pfund die Gesamtsumme ihres Vermögens waren.“

„Die bewundernswerte Frau hat Sie absichtlich getäuscht, lieber Herr, damit Ihre Überraschung und Freude größer würden. Und durch einen merkwürdigen Umstand, den die Exzentrizität Ihrer Tante herbeigeführt hat, kann ich Ihnen noch heute Abend den größten Teil Ihres Eigentums zeigen, oder was auch immer.“ steht dafür.“

„Miss Beakbane-Minifie war nicht meine Tante“, wiederholte ich; aber Mr. Plenderleath schenkte mir keine Beachtung und ging weiter.

„Gott bewahre“, sagte er, „dass ich irgendein Wort sage, das in Ihrem Geist, egal wie entfernt, sich auf den seligen Verstorbenen auswirken könnte. Dennoch bleibt die Wahrheit bestehen – dass Ihre Tante sich in den letzten Tagen ihres Lebens weiterentwickelt hat.“ Instinkte, die im Alter nur allzu üblich sind, wenn auch nicht weniger schmerzhaft. Ein gewisses Misstrauen, das fast an Misstrauen grenzt, veranlasste sie, mir die verschiedenen Dokumente, Zertifikate usw. zu entziehen, die den Großteil ihres Eigentums ausmachten Ich brauche kaum zu bemerken, dass sie in meinem feuerfesten Eisentresor genauso sicher wären wie in der Bank von England. Sie würde sie jedoch haben, und ich gestehe Ihnen, sehr geehrter Herr, dass das Wissen um so viel Reichtum darin verborgen ist Dieses verhältnismäßig einsame und schlecht bewachte alte Haus hat mir keine leichte Beunruhigung bereitet. Aber alles ist gut, das ist gut, und die Gefahr muss nicht zurückbleiben. Es stimmt, diese Geldmasse muss hier bleiben vorerst, aber ich gehe davon aus, dass Sie diese Einrichtung nicht wieder verlassen werden, bis die letzten Ölungen vollzogen sind. Noch ein Wort und ich habe es geschafft. Als ich mir das Anwesen ansah, stellte ich fest, dass Ihre Tante in letzter Zeit nach eigenem Ermessen und ohne Rücksprache mit mir beträchtliche Mengen an Aktien veräußert hat. Über die Sinnhaftigkeit solcher Verhandlungen brauchen wir jetzt nicht zu diskutieren. Nichts als Gutes von den gesegneten Toten. Das Geld ist jedoch da; tatsächlich liegt dort auf dem Tisch nicht weniger als dreizehntausend Pfund in Fünfzig-Pfund-Noten. Jetzt deine Tante –“

„Bitte verstehen Sie, Sir“, erklärte ich gereizt, „dass die verstorbene Dame ein für alle Mal in keiner Beziehung zu mir stand.“

Ich fühlte mich in einer jener überspannten, sensiblen Stimmungen, die Menschen gelegentlich antreffen und in denen die Wiederholung eines trivialen Fehlers oder einer trivialen Äußerung sie blind macht für die richtige Reflexion über das anstehende Geschäft, egal wie bedeutsam es auch sein mag. Darüber hinaus war der Vorschlag, dass ich in dieser Nacht im einsamen Haus des Todes Halt machen sollte, um meinen Reichtum zu bewachen, abscheulich. Ohne meine Frau oder eine ebenso fähige Person hätte ich eine solche Mahnwache für das Universum nicht unternommen.

"Ich entschuldige mich", sagte Mr. Plenderleath als Antwort auf meinen Tadel. "Ich wollte gerade anmerken, als Sie mich unterbrachen, dass Miss Beakbane-Minifies wichtigste Vermögensquelle eine beträchtliche Anzahl von Aktien der London and North-Western Railway war. Die Zertifikate dafür sind ebenfalls hier. Nun zum Schluss, sehr geehrter Herr. Nach Mr. Joshua Beakbanes Ankunft, die nicht lange auf sich warten lassen dürfte, können Sie und er einen Tag für die Beerdigung festlegen, wonach ich natürlich das Testament in Ihrer Anwesenheit und der wenigen anderen, die daran interessiert sein könnten, lesen werde. Ihre Tante ist, soviel ich weiß, heute Morgen gegen vier Uhr friedlich verstorben. Sie starb in Frieden. Für mich selbst brauche ich nur zu sagen, dass ich bei der üblichen Reihenfolge der Ereignisse heute Abend nicht hier sein würde. Aber die guten Prescotts, die Ihre Adresse nicht kannten, haben mir in ihrer traurigen Verzweiflung ein Telegramm geschickt, und als Christ hielt ich es für meine Pflicht, ihrem Anruf unverzüglich Folge zu leisten."

Mr. Plenderleath seufzte, verbeugte sich und nahm nach einem Glas Wein wieder Platz. Kerzen wurden hereingebracht, und dann erklärte ich dem Anwalt einiges über meine Beziehungen zu Joshua Beakbane und die Gefahr, die ein mögliches Treffen zwischen uns für mich bedeuten könnte. Der juristische Verstand war zutiefst interessiert von den vielen Fragen, die diese Aussage von mir aufwarf. Er sah, welche Belastung jeder Aufenthalt in Oak Lodge für mich sein musste, und war sich außerdem völlig darüber im Klaren, dass ich nicht die geringste Absicht hatte, länger als eine Stunde oder so dort zu bleiben. Ich gebe zu, ich war in einem schrecklich nervösen Zustand; und ein Mann kann seine Nervenschwäche ebenso wenig beeinflussen wie seine Haarfarbe.

Dann stellte sich heraus, dass die dritte Person in unserer Gruppe Mr. Plenderleaths Junior-Schreibkraft war, ein schweigsamer, kräftiger junger Mann, dessen ehrliches Gesicht mir gefiel. Er bot an, in der kommenden Nacht in Petersham Wache zu halten, wenn wir dem Vorschlag zustimmten. Mr. Plenderleath tat die Idee als so lächerlich ab, dass er es nicht in Worte fassen kann. Als er jedoch merkte, dass ich nicht seiner Meinung war, erklärte er, dass er dem jungen Mann erlauben würde, im Haus zu bleiben, bis das Testament verlesen und das Eigentum mein rechtmäßiger Eigentümer sei, wenn ich wirklich eine solche Vereinbarung wünschte.

„Persönlich würde ich Mr. Sorrell alles anvertrauen", erklärte der Anwalt, „aber ob Sie als Fremder das Gleiche tun, kann ich nicht beurteilen." Der Plan schien mir jedoch ausgezeichnet, und ich beschloss daher, ihn umzusetzen.

Und nun lag eine Pflicht vor mir, die ich, wie ich gestehen muss, in meiner gegenwärtigen Gemütsverfassung nicht ertragen konnte. Der Anstand verlangte, dass ich meinen guten Freund, der gestorben war, zum letzten Mal sehen sollte, und ich bereitete mich darauf vor. Langsam stieg ich die Treppe hinauf und zögerte an der Schlafzimmertür, bevor ich dem Tod in die Gegenwart trat. In diesem Moment empfand ich keinen Kummer, als ich leise Schritte im Zimmer hörte. Martha Prescott war offensichtlich drinnen, und ich trat ein, etwas erleichtert, die Tortur nicht allein durchstehen zu müssen. Mein Entsetzen war, wie man sich vorstellen kann, sehr groß, als ich das Zimmer leer vorfand. Alles, was ich vom Leben sah, ließ mein Herz bis zum Hals schlagen und ließ mich an der Stelle festhalten, an der ich stand. Am anderen Ende dieses Zimmers befand sich eine weitere Tür, und durch sie erhaschte ich gerade noch einen Blick auf Joshua Beakbanes breiten Rücken, als er verschwand und die Tür hinter sich schloss. Es konnte kein Irrtum sein. Zwei flache Stufen führten zu besagter Tür hinauf, und sie führte nur in ein schmales Zimmer, das kaum größer war als ein Schrank. Die tote Dame, zu deren Füßen zwei Wachskerzen brannten, lag wie ein unbedeutendes Atom in dem großen Himmelbett. Das Zimmer war aufgeräumt und alles anständig und wohlgeordnet, außer dass der weiße Leichentuch, das um die Leiche gewickelt war, von ihrem Gesicht entfernt worden war. Doch der Tod, so ruhig und friedlich, verblasste angesichts des Schreckens dessen, was ich gesehen hatte. Ich wagte es nicht, mich selbst zu überzeugen, indem ich zur Tür eilte, durch die mein Feind verschwunden war. Meine Haare standen zu Berge. Ein widerliches Gefühl, als ob Ameisen über mein Fleisch krabbelten, überkam mich. Ich drehte mich schaudernd um und fand mich irgendwie wieder bei den Männern, die ich zurückgelassen hatte. Ich erzählte von meinem Abenteuer, nur um von beiden höflich ausgelacht zu werden. Der junge Angestellte, dessen Name Sorrell war, bot an, die Räumlichkeiten sorgfältig zu durchsuchen, und nachdem wir die Prescotts gerufen hatten, gingen wir eilig hinauf, um den Grund meiner Beunruhigung herauszufinden. Die Tür, durch die, wie ich annahm, Joshua Beakbane die Totenkammer verlassen hatte, öffnete sich uns ohne Widerstand, und der kleine Behälter, in den sie führte, war leer. Einige Kleider der toten Dame hingen an den Wänden, und diese, zusammen mit einer alten Eichentruhe mit Leinen, das Rosmarin und Kampfer enthielt, um die Motten fernzuhalten, waren alles, was wir finden konnten. Das Fenster war verriegelt, und die hölzernen Fensterläden draußen waren an ihrem Platz. Der junge Sorrell hatte einige Mühe, nicht über meine Verlegenheit zu lachen, aber wir gingen schweigend an der Stelle vorbei, wo die beiden

Kerzen brannten, und gesellten uns zu Mr. Plenderleath. Dieser Herr willigte auf meine Bitte ein, zu bleiben und zu Abend zu essen, und nach dieser Mahlzeit würden er und ich gemeinsam in die Stadt zurückkehren. Er drängte mich, etwas Großzügigeres als Rotwein zu trinken, was ich, da ich ziemlich nervös war, auch tat und allmählich mein geistiges Gleichgewicht wiedererlangte, als ein Umstand eintrat, der mich in einen noch größeren Anfall von Erschöpfung versetzte als zuvor. Ein Telegramm traf für Mr. Plenderleath ein und wurde von ihm laut vorgelesen. Es lautete wie folgt:

> *„Joshua Beakbane starb am 3. November. Erkältung bekam er am Tag des Newmarket Houghton Meeting in Cambridgeshire. Leichnam wurde nicht abgeholt und von der Kirchengemeinde beerdigt.*
> *"*

„Nun diese Mitteilung –", begann Mr. Plenderleath in seiner angenehmen Art, brach jedoch ab, als er sah, welche Wirkung das Telegramm auf mich hatte.

„Mein lieber Herr, Sie sind krank. Was ist denn jetzt los? Sie sehen aus, als hätten Sie ein Gespenst gesehen."

„Bei Gott, das *habe ich* !", schrie ich. „Was kann klarer sein? Ich hatte offensichtlich eine Vision von Joshua Beakbane und – und – ich wünschte inständig, es wäre nicht so."

Die Abscheulichkeit dieser Betrachtung machte mich eine Zeitlang blind für mein eigenes Glück. In einem Augenblick waren alle meine Sorgen und Qualen wie weggefegt. Der Albtraum von fünfzehn langen Jahren war aus meinem Leben verschwunden, und die Zukunft erschien absolut ungetrübt. Der Anwalt lenkte nun meine Aufmerksamkeit auf diese große Tatsache und gratulierte mir herzlich zu der glücklichen Wendung, die die Dinge genommen hatten. Aber es dauerte lange, bis ich mir die Situation auch nur annähernd bewusst wurde, lange, bis ich meine Freiheit begreifen konnte, sehr lange, bis ich mich davon überzeugen konnte, dass der Schatten, den ich gerade erst von der Seite der Toten huschen sah, nur in meiner eigenen überreizten Vorstellung existiert hatte.

Nach dem Abendessen, als noch eine halbe Stunde verblieb, bevor der Flieger Mr. Plenderleath und mich abholen würde, gingen wir gemeinsam die Papiere und Notizen durch, die er aus den verschiedenen Schreibtischen und Kisten seines verstorbenen Klienten zusammengetragen hatte. Der junge Sorrell war anwesend und verfolgte die Vorgänge natürlich mit großem Interesse.

„Natürlich, Herr Lott", sagte er lachend, „gegen Geister muss meine ganze Sorge nutzlos sein. Und dennoch, da Geister nicht greifbar sind, könnten sie mit dieser großen Tasche hier und ihrem Inhalt kaum davonlaufen."

Wir legten nun langsam die verschiedenen Dokumente in einen Lederbehälter, den Mr. Plenderleath gefunden hatte und der für diesen Zweck gut geeignet war.

Ich schaute gerade auf ein Aktienzertifikat der London and North-Western Railway, als Mr. Sorrell mich erneut ansprach.

„Ich bin selbst ein großer Materialist, Sir", erklärte er, „und glaube nicht an spirituelle Manifestationen jeglicher Art; aber jeder sollte offen für Überzeugungen sein. Könnten Sie mir freundlicherweise eine Beschreibung des verstorbenen Mr. Joshua Beakbane geben? Dann, Wenn mir etwas Ungewöhnliches auffällt, werde ich es besser verstehen können.

Als Antwort darauf fertigte ich, ohne darauf zu achten, woran ich arbeitete, eine so gute Skizze an, wie es nötig war, von meinem Halbbruder. Martha Prescott, die jetzt eintraf, um das Taxi anzukündigen, sagte, soweit sie sich an das Original der Zeichnung erinnere, sei sie lebensecht. Das hätte auch so sein sollen, denn wenn sich eine Reihe von Merkmalen mehr als eine andere in mein Gedächtnis eingebrannt hatten, gehörten diese Züge Joshua Beakbane. Erst als ich mein Bild fertiggestellt hatte, und nicht vorher, entdeckte ich, dass ich auf die Rückseite eines bereits erwähnten Aktienzertifikats gezeichnet hatte.

Dann verließen Mr. Plenderleath und ich die düstere, schlecht beleuchtete Wohnstätte des Todes, wünschten Mr. Sorrel eine gute Nacht und empfanden eine deutliche Befriedigung, wieder einmal an der frischen Luft zu sein. Ich spreche für mich selbst, bin mir aber einigermaßen sicher, dass der Anwalt trotz seines pompösen Äußeren froh war, nach Richmond zurückzukehren, und aus der Menge an heißem Brandy und Wasser, die er während des Wartens auf den Londoner Zug konsumierte, konnte ich schließen dass sogar seine schweren Nerven etwas erschüttert waren.

Als ich nach Kilburn zurückkehrte, gab es meiner Frau und meiner Tochter viel zu erzählen, und die frühen Morgenstunden waren bereits gekommen, bevor wir uns schlafen legten, und wir dankten Gott für diese wunderbare Veränderung in unserem Schicksal.

Aber der Gedanke an diesen tapferen Jungen, der meinen Reichtum bewachte, beunruhigte mich. Ich sah das stille Haus in Dunkelheit gehüllt; ich sah die große schwarze Fläche des Gartens und der Wiese, den Regen, der schwer herabfiel, und die Bäume, die ihre mageren Arme in die Nacht streckten. Ich dachte an die kleine Gestalt, die noch regloser dalag als die anderen, die schliefen – vielleicht mit einem trüben, geisterhaften Wächter neben ihr. Kurz gesagt, ich dachte an viele mysteriöse Schrecken und ließ meinen Geist zwischen hundert sinnlosen Ängsten umherschweifen.

KAPITEL II.

DER „FLIEGENDE SCOTSMAN".

BEI Tageslicht oder einer so düsteren Entschuldigung dafür, wie es ein Londoner Novembermorgen zulässt, stand ich auf, bereitete mich auf meine Reise in den Norden vor und schrieb bestimmte Briefe, bevor ich mich auf den Weg in die Stadt machte. Die eintönige Arbeit eines Angestelltenlebens hatte nun fast ein Ende; die Metropole – ein Ort, den sowohl meine Frau als auch ich verabscheuten – würde bald den letzten von uns sehen; Ich habe mir bereits den Brief ausgedacht, der in Kürze beim Bankdirektor eingehen sollte und in dem er meinen Rücktritt ankündigt. Man hat vielleicht vermutet, dass ich in mancher Hinsicht ein schwacher Mann bin, und ich gestehe, dass mir diese kleinen Vorbereitungen auf meinen veränderten Zustand eine Art Freude bereiteten. Die Damen stritten während des gesamten Frühstücks über die Lage unseres neuen Zuhauses und schenkten mir so viel Aufmerksamkeit, wie es dem Oberhaupt eines Hauses gebührt, das plötzlich zu einem unwichtigen Atom in der Maschinerie eines riesigen Geldverdieners aufblüht ein Mann von Reichtum. So waren mir durch die zweite Ehe meiner Mutter zwei aufeinanderfolgende Vermögen zugewachsen; und kein Ruf nach Gerechtigkeit oder Ehre könnte mein Recht beeinträchtigen, dieses zweite Eigentum so zu verwalten, wie ich es für richtig hielt. Denn Joshua Beakbane hatte keine Familie hinterlassen, und von anderen, die seinen Namen trugen, wusste ich nicht einmal, ob es welche gab. Ich ging in die Stadt, gab mir keine Mühe, meinen Wohlstand zu verbergen, und wurde von herzlichen Glückwünschen und dem Wunsch überhäuft, auf meine Kosten auf mein weiteres Glück zu trinken. Wie kurz war diese halbe Stunde des Triumphs, und wie viele Freunde fand ich unter meinen Kollegen in Männern, von denen ich immer vermutet hatte, dass sie mir gegenüber völlig gegensätzlich eingestellt waren!

Ich hatte mich kaum mit dem Geschäft, das mich in Kürze nach Schottland führen würde, klar gemacht, als mich ein Bote von Mr. Plenderleath erreichte. Der Anwalt verlangte, mich unverzüglich zu sehen, und nachdem ich die Erlaubnis erhalten hatte, fuhr ich zu seinen Kanzleien in der Chancery Lane.

Nie werde ich den traurigen Anblick vergessen, den mir mein selbstgefälliger, sentimentaler Freund bot; Noch nie habe ich ein Mitgeschöpf gesehen, das so nahe an eine Qualle herangekommen wäre. Er saß in seinem Privatzimmer, seine Briefe ungeöffnet, Mantel und Schal noch an. Zu seinen Füßen lag ein Telegramm, nach dessen Lektüre er offenbar in seinen Stuhl gesunken war und sich nicht mehr bewegt hatte. Als ich eintrat, zeigte er auf die Nachricht und schloss die Tür hinter mir. Es kam von Petersham und lautete wie folgt:

> *„ Das Fenster im Salon ist heute Morgen offen. Der Herr ist weg, die Tasche ist weg. "*

Ein von Natur aus zielloser Mensch zeigt manchmal unerwartete Entschlossenheit, wenn man das Gegenteil von ihm befürchten könnte. Und als ich nun feststellte, dass Mr. Plenderleath durch eine Nachricht, die für mich schrecklicher sein musste als alles andere, völlig erschüttert war, meisterte ich die Situation auf eine für mich sehr überraschende und erfreuliche Weise.

"Schnell! Aufstehen, Mann! Wir dürfen nicht zögern", rief ich. "Um Gottes Willen, reißen Sie sich zusammen. Wir sollten jetzt auf halbem Weg nach Petersham sein. Hier ist etwas Schlimmes passiert. Mr. Sorrells Leben könnte in Gefahr sein, wenn es nicht bereits geopfert wurde. Ich bitte Sie, reißen Sie sich zusammen, Sir."

Er sah mich verwundert an, schüttelte den Kopf und murmelte etwas darüber, dass ich auf dem völlig falschen Weg sei. Dann bereitete er sich auf die Situation vor und bereitete sich darauf vor, mich nach Petersham zu begleiten. Auf dem Weg nach Waterloo telegrafierten wir einen Detektiv von Scotland Yard, der uns folgen sollte, und fuhren in weniger als einer weiteren Stunde von Richmond nach Oak Lodge. Dann, aber erst dann, erklärte mir Herr Plenderleath seine Ansichten und Ängste, die wie ein Donnerschlag kamen.

„Ihr Eifer und Ihre großzügige Bereitschaft, denen in Gefahr zu helfen, sehr geehrter Herr, rührt mich fast zu Tränen", begann er; „aber diese Absichten sind vergeblich, oder ich bin kein Mann des Gesetzes. Wir müssen wirklich meinen Schreiber Walter Sorrell suchen, aber nicht dort, wo Sie ihn suchen würden. *Er* ist der Dieb, Mr. Lott – davon bin ich überzeugt. Ich sah letzte Nacht keinen Grund, irgendeine Gefahr von außen zu befürchten, und das habe ich auch angedeutet. Meine einzige Sorge galt zu jeder Zeit dem Mann mit fragwürdiger Moral, der sich vor kurzem zur Ruhe gelegt hat. Nein; Sorrell ist der Versuchung erlegen, und die Strafe liegt auf meinem Haupt."

Er war furchtbar niedergeschlagen, redete etwas wild von der Belohnung, die in seiner Macht stünde, und schien alle Hoffnungen aufgegeben zu haben, dass ich jemals wieder an meinem Besitz vorbeikommen würde. Diese einfache Lösung des Diebstahls war mir ehrlich gesagt nie in den Sinn gekommen, bis mein Begleiter sie mit solcher Gewissheit dargelegt hatte. In Wahrheit schien die Angelegenheit selbst für den geringsten Sinn greifbar zu sein, und ich sagte nichts weiter über Gewalt oder den möglichen Verlust von Menschenleben.

Noch zweifelsfreier schien die Erklärung des Anwalts, als wir Petersham erreichten und hörten, was die Prescotts uns zu sagen hatten. Der örtliche Polizeiinspektor und zwei Untergebene waren bereits am Tatort, hatten aber nicht viel getan, außer auf einem Blumenbeet vor dem Wohnzimmerfenster auf und ab zu gehen und dann das Haus wieder zu betreten.

Sarah Prescotts Ausarbeitung des Telegramms lautete kurz:

Sie hatte in einem gemütlichen Schlafzimmer im Obergeschoss ein Feuer angezündet und als sie den jungen Mann bat, vorbeizukommen und es sich anzusehen, war sie überrascht, als sie erfuhr, dass er vorschlug, die ganze Nacht wach zu bleiben. „Meinem Mann", sagte Mrs. Prescott, „gefiel es nicht, das zu hören, und er war dafür, den Herrn vom Garten aus zu beobachten, nur um zu sehen, dass er nichts Böses im Sinn hatte; aber ich habe ihn zu sehr von dieser Dummheit abgehalten, wie ich dachte." Bevor ich zu Bett ging, brachte ich dem Herrn einen Eimer voll Kohlen und etwas Schnaps und heißes Wasser. Er las gerade ein Buch, das er aus dem Bücherregal geholt hatte, und sagte, dass es ihm jetzt besser gehen sollte , was mit seiner Pfeife und den Dingen, die ich für ihn besorgt hatte, so nett wie immer, als ich hörte, wie er die Tür von innen abschloss Morgens um sieben holte ich ihm eine Tasse Tee und etwas Toast, den ich gemacht hatte. Die Tür stand weit offen, ebenso das Fenster, und die Tüte, die gestern Abend auf dem Tisch gestanden hatte, war weg Natürlich auch nicht.

Nach dieser Aussage unterhielten wir uns noch lange und warteten auf die Ankunft des Detektivs aus London. Ständig ließ der eine oder andere der versammelten Männer seine Stimme im Interesse des Gesprächs lauter werden. Dann murmelte Mrs. Prescott „Still" und zeigte nach oben auf die Stelle, wo der schweigende Tote lag.

Eine sorgfältige Untersuchung des Salons zeigte, dass Sorrells Wache nur von kurzer Dauer gewesen war. Das Feuer war nicht angefacht worden, nachdem Mrs. Prescott den Wächter verlassen hatte; ein Roman, auf Seite fünf aufgeschlagen, lag mit dem Gesicht nach unten auf dem Tisch; daneben lag eine Tabakpfeife, die gerade erst angezündet und dann wieder ausgegangen war, zusammen mit einem Glas Spiritus mit Wasser, das ganz voll war und aus dem er offensichtlich nicht einmal genippt hatte. Hut und Mantel des Schuldners waren von ihrem Platz in der Halle verschwunden, ebenso sein Stock. Mrs. Prescott hatte in dem Gang, der von der Halle in den Salon führte, ein seidenes Halstuch aufgehoben. In der Mitte des Raumes war ein Stuhl umgekippt; darüber hinaus war jedoch kein Anzeichen von irgendetwas Ungewöhnlichem zu finden. Bald darauf traf ein kleiner, schäbig aussehender Mann aus London ein und wurde schnell und ruhig Herr der Situation, soweit sie sich gegenwärtig entwickelte. Die Prescotts und ihre Informationen interessierten ihn am meisten. Nachdem er alles gehört hatte, was sie ihm erzählen konnten, untersuchte er das Zimmer selbst und legte dabei großen Wert auf eine Kleinigkeit, die unserer Aufmerksamkeit entgangen war. Es handelte sich um eine Kerze, bei deren Licht Walter Sorrell sein Buch las. Sie hatte offensichtlich noch eine Weile gebrannt, nachdem das Zimmer verlassen worden war, aber nicht bis zur Fassung. Das Fett war auf einer Seite ganz heruntergetropft, und ein einfaches Experiment zeigte die Ursache. Ich zündete eine weitere Kerze an und stellte sie an dieselbe Stelle, und sie brannte gleichmäßig, bis Fenster und Tür geöffnet wurden. Dann jedoch flackerte die Flamme in dem so entstandenen Luftzug; das Fett begann zu tropfen, und die Kerze drohte jeden Moment zu erlöschen.

„Was schlussfolgern Sie daraus?“ Ich erkundigte mich beim Detektiv.

„Das“, antwortete er; „Angesichts des offenen Fensters und der offenen Tür, des umgeworfenen Stuhls und der brennenden Kerze ist klar, dass der Herr, als er hinausging, in allergrößter Eile vorging und tatsächlich einen Riegel machte, als hätte er jemanden war von Anfang an auf seiner Spur. Es ist sonst niemand im Haus, sagen Sie?“

„Nur die gesegneten Toten“, sagte Mr. Plenderleath.

Aber ich dachte unwillkürlich an das, was ich am Abend zuvor gesehen hatte. Könnte es sein, dass in den stillen Stunden der Nacht eine schreckliche Vision aufgetaucht war und dass der junge Mann, begierig auf das Wohlergehen seines Arbeitgebers, selbst in solch einem schrecklichen Moment mein Vermögen an sich gerissen und in die dunkle Nacht gesprungen war, anstatt sich dem zu stellen? schreckliches und monströses Phantom?

Wenn ja, was war aus ihm geworden?

Der Detektiv machte keine weiteren Bemerkungen und weigerte sich, Fragen zu beantworten, obwohl er mehrere stellte. Dann, nach einer langen und erfolglosen Suche auf dem Gelände und den angrenzenden Wiesen, kehrte er in die Stadt zurück, seine Handtasche war gut gefüllt mit Informationen. Bald darauf wurde eine Entdeckung von möglicherweise Bedeutung gemacht. Der Raub und alle seine bekannten Umstände hatten in der Nachbarschaft Aufsehen erregt, und jetzt erschien ein Arbeiter, der an der Themse arbeitete (etwa fünfhundert Meter von Petersham entfernt), mit der identischen Ledertasche, die gestohlen worden war. Er hatte es leer vorgefunden, gestrandet in einigen Riedgras am Flussufer. Befeuert von der Scharfsinnigkeit dessen, der gerade in die Stadt zurückgekehrt war, erkundigte ich mich, in welche Richtung die Flut gestern Abend lief. Aber als ich es erfuhr, kam mir keine Ahnung von irgendeiner Brillanz in den Sinn.

In Petersham gab es nichts zu tun; Der Schuft und seine unrechtmäßig erworbenen Besitztümer müssen zu diesem Zeitpunkt weit genug entfernt sein; Zumindest sagte Mr. Plenderleath das, und ich kehrte nun mit ihm nach London zurück. Damit war alles vorerst vorbei. All mein plötzlich erworbener Reichtum war verschwunden und ich war wieder ein armer Angestellter. Doch wie unendlich glücklicher könnte ich mich jetzt fühlen als früher. „Es mag Gott gefallen", sagte ich mir, „seiner Barmherzigkeit, vielleicht auch nur die Hälfte dieses guten Geldes zurückzugeben; aber es wird ihm nicht gefallen, meine schreckliche Beziehung wiederherzustellen — von der ich überzeugt bin."

Als ich mich zum ersten Mal an meine bevorstehende Reise nach Schottland erinnerte, wollte ich mich dafür entschuldigen, kam aber schnell zu dem Schluss, dass mir gerade nichts Besseres passieren konnte als eine lange Reise mit anderen Angelegenheiten als meinen eigenen. Es würde mich aus dem Gleichgewicht bringen und meiner Frau und meinem Kind eine Chance geben, sich von der Trauer zu erholen, die sie sicherlich empfinden mussten, als sie die traurige Nachricht hörten.

Deshalb schrieb ich ihnen nach meiner Rückkehr in mein Büro, speiste in der Stadt und machte mich schließlich auf den Weg nach Euston. Zehn Minuten vor neun Uhr verließ der „Flying Scotsman" den Bahnhof und hatte unter anderem einen First-Class-Wagen im Gepäck, dessen einziger Insasse ich war, nachdem ich Rugby verlassen hatte. Ich hatte Bücher und Zeitungen, die ich aus Gewohnheit gekauft hatte, würde sie aber wahrscheinlich nicht lesen, da mein Kopf mehr als genug Stoff enthielt, von dem ich mich ernähren konnte. Ein sehr anstrengender Charakter beschäftigte mein Gehirn, während ich da saß und meinem fliegenden Fahrzeug zuhörte. Mal brüllte es wie Donner, als wir über Brücken stürmten, mal schrie es triumphierend, als wir an stillen, verlassenen Bahnhöfen vorbeiwirbelten . Bald rasten wir krachend durch Torbögen, und einmal kreischten wir mit allmählich nachlassender Geschwindigkeit und ächzenden Pausen vor Ungeduld, als ein Gefahrensignal den Weg versperrte. Ich sah zu, wie das Öl unten in der Lampe über mir bei jeder Bewegung des Zuges von einer Seite zur anderen tropfte, und der Anblick deprimierte mich über alle Maßen. Was für eine Ironie des Schicksals war das! Gestern bedeutete die London and North-Western Railway mehr als die Hälfte meines gesamten Vermögens; Jetzt hatte der Heizer, der Kohlen in das große, feurige Herz der Lokomotive warf, mehr Interesse an der Gesellschaft als ich! Von diesen düsteren Gedanken überwältigt, zog ich eine Art doppelten seidenen Fensterladen um die Lampe, die meinen Wagen beleuchtete, und bemühte mich, im Schlaf alles zu vergessen, wenn es möglich war.

Nach zehn Uhr abends ist Schlaf für mich in der Regel nicht nur möglich, sondern notwendig, und ich schlummerte trotz meiner Trübsal bald tief und fest.

Als ich erschrocken aufwachte, stellte ich fest, dass ich nicht mehr allein war. Der Zug fuhr mit enormer Geschwindigkeit; Einer der runden Vorhänge, die ich vor der Lampe zugezogen hatte, war hochgezogen worden, sodass ich im Schatten blieb, aber den anderen Mann beleuchtete, der aus der anderen Ecke, in der er saß, herüberschaute und über meine Überraschung lächelte.

Es war Joshua Beakbane.

Ich habe nie eine größere Qual erlebt als in diesem wachen Moment, und bis der Mann sprach und mich durch den Tonfall seiner Stimme davon überzeugte, dass er kein Geist war, lässt sich mein seelisches Leiden nicht mit Worten beschreiben.

„Ein Mitreisender muss Sie nicht überraschen, Sir", sagte er. „Ich bin in Crewe angekommen, und Sie haben so tief geschlafen, dass ich Sie nicht geweckt habe. Ich habe mir jedoch die Freiheit genommen, Ihre Abendzeitung zu lesen, und mir auch ein wenig Licht gegönnt."

Er lebte und hatte mich überhaupt nicht erkannt. Ich dankte ihm mit der schroffen Stimme, die ich mir vorstellen konnte, und schaute auf meine Uhr. Wir waren seit über einer halben Stunde von Crewe weg und sollten in etwa zwanzig Minuten in Wigan, unserem nächsten Zwischenstopp, eintreffen.

Joshua Beakbane war ein großer, kräftig gebauter Mann mit einem flachen, breiten Gesicht und einem Mund, der kaum auf seine große Zielstrebigkeit schließen ließ. Sein dichter Schnurrbart neigte zum Rötlichen, und auch in seinen unruhigen Augen lag etwas Rotes. Er war in auffälligen Tweed gekleidet, mit Ulster und einem Hut aus dem gleichen Material. Außerdem war der Mann stark gealtert, seit ich ihn vor etwa fünf Jahren das letzte Mal gesehen hatte. Als er feststellte, dass ich nicht in der Lage war zu reden, nahm er einen Koffer von der Hutschiene über sich, band einen Eisenbahnteppich ab, wickelte ihn um seine unteren Gliedmaßen und machte sich dann daran, die darin enthaltenen Bürsten, Wäsche und Kleidungsstücke zu ordnen.

Meine abgestumpften Sinne waren nicht in der Lage, den Grund für das, was ich sah, herauszufinden. Warum hatte dieser Mann es für angebracht gehalten, sich für tot zu erklären? Was war sein Geschäft im Norden? War es möglich, dass er mit dem entlaufenen Angestellten verbündet war? Hatte ich ihn tatsächlich im Haus in Petersham lauern sehen?

Für einige dieser Schwierigkeiten gab es fast sofort eine Erklärung – eine Erklärung, die so schändlich und beschämend war, wie sie nur ein unglücklicher Mensch finden konnte. Mein Feind zuckte plötzlich heftig zusammen, und als ich aufsah, sah ich, wie er mit Erstaunen und Unbehagen im Gesicht auf ein Papier starrte, das er in der Hand hielt. Als er sah, dass ich ihn ansah, unterdrückte er seinen Ausdruck des Erstaunens und lachte.

„Ein höllischer Angestellter von mir", sagte er, „benutzt meine Geschäftsunterlagen genauso wie mein Löschpapier. Er wird morgen dafür bezahlen."

Für einen kurzen Moment hielt Joshua Beakbane das Papier ans Licht, und was ihn sofort erschreckt hatte, wirkte für mich nicht weniger: Es war ein bestimmtes Bleistiftporträt des Mannes selbst auf der Rückseite eines Aktienzertifikats der London and North-Western Railway.

Es gibt einige, die diese Situation mit Leichtigkeit gemeistert hätten und vielleicht gut daraus hervorgegangen wären; Aber für mich, da ich ein kleines und bewegungsloses Wesen in Bestform bin, war die Lage, in der ich mich jetzt befand, ziemlich unerträglich. Für ein Glas Brandy und Wasser hätte ich die Hälfte meines mageren Jahresgehalts gegeben. Die jüngste Entdeckung hat mich gelähmt. Ich stellte keinen Zweifel daran, dass Joshua Beakbane zumindest seinen Anteil an der Beute im Koffer bei sich hatte; aber wie ich das ausnutzen sollte, konnte ich mir nicht vorstellen. Schweigen und vorgetäuschter Schlaf waren die ersten Schritte, die sich ihm boten. Ein Blick, ein Wort oder eine Andeutung, die dem Räuber nahelegen könnte, dass ich sein Geheimnis auch nur annähernd ergründet habe, würde für mich zweifellos bedeuten, dass ich mir die Kehle durchschneide und kein Interesse mehr an „The Flying Scotsman" habe.

Wigan war vorbei und Preston war nicht weit entfernt, als mir ein Plan einfiel, der jedem anderen in meiner Position schon eine Stunde zuvor in den Sinn gekommen wäre. Möglicherweise schicke ich eine Nachricht an die Telegraphendrähte und lasse Joshua Beakbane anhalten, als er so etwas am wenigsten erwartet hat. Deshalb schrieb ich auf ein Blatt meiner Handtasche, tat es aber zitternd, denn sollte der Mann, den ich zu stürzen versuchte, die Worte zu Gesicht bekommen, würde er mich zumindest mitnehmen, auch wenn er nicht erraten würde, wer ich wirklich war für einen verkleideten Detektiv, und dann muss alles vorbei sein.

So formulierte ich mein Telegramm:

> *„ Bereiten Sie sich auf eine große Verhaftung in Carlisle vor. Der kleine Mann wird aus dem Abteil der ersten Klasse winken. Fliegender Schotte. "*

Für mich war das nicht schlecht. Ich verdoppelte es, legte einen Sovereign hinein, schrieb auf die Außenseite: „Schicken Sie dies auf jeden Fall" und bereitete mich darauf vor, es in Preston so gut wie möglich zu entsorgen.

Dann packte mich von allen Seiten neues Grauen. Würde der Räuber durch einen unglücklichen Zufall an der nächsten Station aussteigen? Ich traute mich, ihn zu fragen. Er antwortete, dass Carlisle sein Ziel sei, und ich war sehr erleichtert, denn ich war zuversichtlich, dass dies für eine Weile so bleiben würde.

In Preston wartete ich kaum, bis der Zug anhielt, und sprang dann auf den Bahnsteig – wie es der Zufall wollte, auf die Füße eines schläfrigen Gepäckträgers. Er fluchte im Lancashire-Dialekt, und ich drückte ihm meine Nachricht in die Hand. Ich war schon wieder im Waggon, als der Narr – ich kann ihn nicht weniger stark nennen – ans Fenster trat, Joshua Beakbane meine Nachricht unter die Augen hielt und fragte, was er damit anfangen solle.

„Es ist ein Telegramm nach Glasgow", sagte ich ihm mit zitternden Knien. „Es *muss* weg. Darin liegt ein Sovereign für den Absender."

Der Dummkopf begriff nun, was ich meinte, und zog sich halbwegs wach zurück. Joshua Beakbane zeigte sich sehr interessiert an dieser Angelegenheit, und da er wusste, was ich tat, war mir anhand seiner bohrenden Fragen klar, dass sein Verdacht heftig geweckt war.

Die Lüge gegenüber dem Bahnwärter war, soweit ich mich erinnern kann, die einzige, die ich jemals in meinem Leben erzählt habe. Ob sie durch die Umstände gerechtfertigt war, will ich nicht beurteilen. Aber Joshua Beakbane gegenüber sagte ich die ungeschminkte Wahrheit über meine Reise nach Norden. Der bevorstehende Prozess in Glasgow hatte ein gewisses Interesse, und mein Halbbruder verlor langsam das Misstrauen, mit dem er mich betrachtet hatte, als ich ihm die Dokumente über meine Mission vorlegte.

Die Fahrt zwischen Preston und Carlisle dauerte etwas mehr als zwei Stunden, obwohl sie mir endlos vorkam. Tausendmal fragte ich mich, ob meine Botschaft schon in der Dunkelheit an uns vorbeigehuscht war, und überlegte, wie ich, wenn ich Carlisle erreichte, meine eigene Sicherheit am besten wahren und dennoch die Ziele der Gerechtigkeit vorantreiben könnte.

Als wir uns endlich dem Bahnhof näherten, schnallte Joshua Beakbane seinen Teppich an seinen Koffer, schloss die Kutschentür mit einem Privatschlüssel auf, den er jetzt zum ersten Mal hervorbrachte, und traf weitere Vorbereitungen für einen schnellen Ausstieg.

Auf meiner Seite des Zuges musste er aussteigen, und als ich nun gespannt aus dem Waggonfenster blickte, glaubte ich, obwohl noch in einiger Entfernung vom Bahnhof, unter den Gaslaternen, die wir hatten, eine Gruppe dunkel gekleideter Männer zu sehen näherten sich. Ich beugte mich aus dem Zug und winkte ihnen hektisch zu. Im nächsten Moment wurde ich von drinnen zurückgezogen.

„Was machst du da?", wollte mein Begleiter wissen.

„Ich gebe meinen Freunden ein Zeichen", antwortete ich kühn, und in meiner Stimme musste ein Unterton gewesen sein, der alte Erinnerungen und neue Verdächtigungen weckte, denn Beakbane schaute sofort aus dem Fenster, sah die Polizei und stürzte sich wie ein Tiger auf mich.

"Mein Gott! Jetzt kenne ich dich", schrie er. "Also wagst du es endlich? – dann sollst du es haben." Er warf sich auf mich; seine großen weißen Hände schlossen sich wie ein eiserner Kragen um meinen Hals; seine Daumen drückten sich in meine Kehle. Ein roter Nebel füllte meine Augen, mein Gehirn schien aus meinem Schädel zu platzen; ich glaubte, der Zug müsse mitten durch den Bahnhof gerast sein und er und ich flogen wieder in die einsame Nacht hinaus. Dann wurde mir dunkel bewusst, dass mich eine große Wildnis von Gesichtern aus der Vergangenheit anstarrte, und alles war leer. Was folgte, erfuhr ich später, als ich im Wartezimmer in Carlisle langsam wieder zu mir kam.

Als die Polizisten zum Waggon eilten, stieß mich Beakbane heftig von sich und sprang durch die Tür des Abteils, das von seinen Verfolgern am weitesten entfernt war. Er konnte diese gerade noch hinter sich abschließen, bevor er in der Dunkelheit verschwand. Ohne das Eingreifen der Vorsehung hätte der Mann in der Verzögerung, die er dadurch verursachte, zumindest für diese Nacht entkommen können. Er bahnte sich erfolgreich seinen Weg durch eine Wildnis aus bewegungslosen Lastwagen und anderem rollenden Material. Dann lief er auf ein Lokomotivschuppen zu, und wäre, nachdem er diesen passiert hätte, eine Böschung hinuntergeklettert und hätte sich so vorübergehend in Sicherheit gebracht. Aber in dem Moment, als er durch die Öffnung dieses Schuppens rannte, kam eine Lokomotive von dort weg, und bevor er seinen Kurs ändern konnte, warf ihn die Lokomotive nieder, drückte ihn auf die Schienen und stürzte langsam über ihn hinweg. Es war im Nu geschehen, und sein Schrei rief die Polizei herbei, die im Moment des Unfalls vergeblich durch den Bahnhof irrte und nach ihm suchte. Ein Arzt war jetzt bei Joshua Beakbane, aber kein menschliches Können konnte das Leben des Unglücklichen verlängern, und er lag im Sterben, als ich taumelnd auf die Füße kam und das Nebenzimmer betrat, wo man auf dem Boden eine Couch für ihn aufgestellt hatte. Er war bewusstlos, als ich die große weiße Hand nahm, die mir noch wenige Minuten zuvor das Leben ausgestochen hatte, und bald darauf starb er mit einem furchtbaren Ausdruck von Schmerz.

Wie man annehmen kann, brauchte ich selbst nach dieser schrecklichen Tortur viel Pflege, und erst am nächsten Tag um die Mittagszeit begannen sich meine Sinne wieder vollständig zu entfalten. Als ich dann die Papiere und das Eigentum des Toten untersuchte, stellte ich fest, dass alle fehlenden

Quellen meines Vermögens ausnahmslos in seinem Besitz gewesen waren. Damit war Sorrell meiner Meinung nach unschuldig, und ich hatte den klugen Verdacht, dass der unglückliche junge Kerl ein Opfer dieser elenden Seele geworden war, die nun selbst tot war.

Glücklicherweise konnte ich mich gerade noch rechtzeitig nach Glasgow begeben, um dort die Geschäfte meines Arbeitgebers zu erledigen. Als ich nach London zurückkehrte, war Mr. Plenderleath mit dem verschwundenen Vermögen in seinem Büro nicht weniger erstaunt als ich, als ich erfuhr, dass der junge Sorrell lebend aufgefunden worden war und sich schnell von seinen Verletzungen erholte. Lassen Sie mich hier kurz innehalten und sagen, dass ich den entsetzlichen Tod meines Halbbruders nicht aus Mangel an Gefühl, sondern eher aus Platzmangel mit zynischer Kürze abgehandelt zu haben scheine.

Um sechs Uhr morgens, etwa eine Stunde nachdem Joshua Beakbane seinen letzten Atemzug getan hatte, nachdem er zu diesem Zeitpunkt etwa dreiunddreißig Stunden gefastet hatte, wurde Walter Sorrell geknebelt und an Händen und Füßen an die Wand eines schäbigen Gebäudes gefesselt aufgefunden, das auf einer Wiese unweit von Oak Lodge stand. Mit seinen äußerst unangenehmen Erlebnissen schließe ich meine Erzählung ab.

Nachdem Mrs. Prescott in der Nacht des Raubüberfalls gegangen war, hatte er etwa zehn Minuten lang gelesen, als er plötzlich von seinem Buch aufblickte und den gleichen Mann, den ich für ihn gezeichnet hatte, stehen und aus dem Fenster starren sah. Er fuhr auf, überzeugt davon, dass das, was er gesehen hatte, kein Geist war, öffnete das Fenster und sprang in den Garten, nur um nichts zu finden. Als er zurückkam, hatte er hastig den Salon verlassen, um seinen Stock, Hut und Mantel zu holen. Er war kaum einen Moment weg und als er zurückkam, fand er Joshua Beakbane bereits mit der Tasche und dem Inhalt in seinen Händen. Sorrell eilte durch den Raum, um den anderen an der Flucht zu hindern; aber zu spät – er war bereits durch das Fenster gestürmt. Der junge Mann ergriff seinen schweren Stock und folgte ihm. Es gelang ihm, den Räuber im Auge zu behalten, und schließlich schloss er sich ihm an, wobei beide heftig in einen Rhododendronstrauch fielen. Hier kam ein Komplize Beakbane zu Hilfe, und bald hatten sie Sorrell bewusstlos und gefangen. Er erinnerte sich an nichts weiter, bis er im Hühnerstall zu sich kam, wo er schließlich gefunden wurde. Offensichtlich trugen ihn seine Gegner zwischen sich zu diesem dunklen Versteck; und dort war er ohne seine glückliche Entdeckung bald verhungert.

Der besagte Komplize wurde nie gefunden; Es möchte jedoch weder er noch der andere Verbündete, der das Telegramm aus Newmarket geschickt hat, uns erzählen, wie Joshua Beakbane geplant hat, mein Vermögen zu stehlen, von dem drei Viertel ihm hätten gehören sollen.

Ich wurde schneller wieder gesund, als man annehmen könnte, und der junge Sorrell erholte sich noch schneller von seinem Hunger und seinen blauen Flecken. Ich habe dem würdigen Jungen tausend Pfund gegeben, und es möge ihm viel Gutes tun.

Das Porträt von Joshua Beakbane auf der Rückseite des Aktienzertifikats der London and North-Western Railway ist noch immer in meinem Besitz und hängt in der Bibliothek meiner neuen Wohnung, wo es jeder sehen kann. Ich lebe jetzt weit weg an der Küste von Cornwall, wo die großen Wellen direkt aus dem Herzen des Atlantiks hereinrollen, wo die einfachen Leute der Gegend ein wenig Aufsehen erregen, wenn ich an ihnen vorbeikomme, und wo Echos aus dem mächtigen London friedlich in Zeitungen widerhallen, die oft schon eine Woche alt sind, bevor ich sie sehe.

DAS ENDE.